你好，安东医生

[日] 西村敏雄 著 袁秀敏 译

这里是安东医生的动物医院，
每天有各种动物来看病。

甘肃少年儿童出版社

咚,咚,咚!
一大早就传来敲窗户的声音。
"哎?是谁呢?"
"医生,能帮我看看吗?"

安东医生打开门,公鸡走了进来。
"哪里不舒服啊?"
"说、说不出话来了……
我的工作是每天早上把森林里的动物们叫醒,
可现在真发愁啊!"
"咯咯咯,咯咯咯……"

"哎呀呀，嗓子肿了。
公鸡啊，这几天扯着嗓子喊了吧？"
"其、其实是昨天我和乌鸦比赛，
看谁的嗓门大……"
"原来如此，所以才说不出话来了呀。"
安东医生拿来了用森林里的药草制成的漱口水。

公鸡漱完口,**"咯咯咯——"**
嗓音变得清亮极了。
"这下就能叫醒大家了——"
公鸡唱着歌回去了。
"请多保重!"
安东医生微笑着说。

"请问,能帮我看一下吗?"
这次进来的是老虎。
"哪里不舒服啊?"
"早上开始肚子疼,还发烧了。"

"哎呀呀,烧得很厉害呢。
老虎啊,是不是睡觉着凉啦?"
"真像您说的那样,昨天晚上,
我在外面趴着等猎物,露着肚皮睡到大天亮。"
"原来如此,所以就发烧了呀。那就打一针吧。"
"打、打、打针?太可怕了!"
老虎很害怕打针。
"没事的,不疼哦……"

一眨眼工夫,针就打完了。
"咦?!已经打完了吗?还真不疼呢。"
"嗯,烧很快就能退了。"
"医生——我害怕打针的事,
请帮我保密呀!"
老虎不好意思地回去了。
"请多保重!"
安东医生微笑着说。

这回进来的是鳄鱼。
"哪里不舒服啊?"
"啊,啊……"

"哎呀呀,下巴脱臼了。
鳄鱼啊,是不是哈欠打得太大啦?"
"啊,啊……"鳄鱼没办法说话。
安东医生想把鳄鱼的下巴合上。
嗨哟,嗨哟!
"咦,怎么合不上呢?"

"医生,我的鼻子解不开了。"

大象

"医生,我的屁有点儿臭臭的。"

臭鼬

安东医生真是太忙了。

"对了,有办法了。"
安东医生拿来一根细长的绳子,
轻轻地伸到鳄鱼的鼻孔里,
"阿,阿,**阿嚏!**"
咔——

鳄鱼打了个大喷嚏,下巴就合上了。
哈哈,治好了!
"嘿嘿嘿,其实我是学河马,
打了个大哈欠,下巴就掉了。"
鳄鱼手舞足蹈地回去了。
"请多保重!"
安东医生微笑着说。

动物们一个接一个来看病。

"医生,我的腰疼。"

蛇

"医生,我的腿总觉得累。"

火烈鸟

"医生,我的头痒。"

野牛

后来,一只山羊走进来。
"哪里不舒服啊?"
"不知道为什么,我最近总是没精神……"
山羊难过地说。

哐当!

安东医生突然摔倒在地上。
"不好了!不好了!医生他……"

安东医生用听诊器给山羊检查了一下,
"嗯,没有什么特别不好的地方……
是不是有什么心事呢?"
"其实,我最好的朋友搬到很远的地方去了,
好寂寞呀……"
"原来如此,所以才打不起精神来呀。"

山羊开始回忆起和朋友在一起的时光。
安东医生一直、一直很耐心地听着。

就在这时……

动物们听到山羊的叫声,
纷纷跑了过来。
"医生,您怎么啦?"
"啊,突然眼前一黑……"
狸子把听诊器拿起来,
放在安东医生的肚子上听了听。
咕噜噜,咕噜噜……
"哎呀呀,声音真大呀。
医生,您今天还没吃饭吧?"
"是啊,从早上就开始忙,
什么都没吃呢。"
"原来如此,所以才晕倒了呀。"

动物们把从森林里采摘的蔬菜和水果，
都搬到医院里来了。
鳄鱼、老虎和公鸡听到这个消息，也赶来了。
"我们大家一起做饭给医生吃吧。"山羊说。
"好啊，好啊，就这么办！"

咕嘟，咕嘟，咕嘟……
噗，噗，噗……

"做好了!"
动物们炖了一大锅营养丰富的浓菜汤。

"我开吃了!"
安东医生吃得饱饱的,又有精神了。

图书在版编目（CIP）数据

你好，安东医生 /（日）西村敏雄著；袁秀敏译
. -- 兰州：甘肃少年儿童出版社；2020.1（2020.4重印）
ISBN 978-7-5422-5517-4

Ⅰ.①你… Ⅱ.①西…②袁… Ⅲ.①儿童故事-图画故事-日本-现代 Ⅳ.① I313.85

中国版本图书馆 CIP 数据核字 (2019) 第 206532 号

著作权合同登记图字：26-2019-0044

《ANTON SENSEI》
© Toshio Nishimura 2013
All rights reserved.
Original Japanese edition published by KODANSHA LTD.
Publication rights for Simplified Chinese character edition arranged with KODANSHA LTD.
through KODANSHA BEIJING CULTURE LTD. Beijing, China.

你好，安东医生
[日] 西村敏雄 著
袁秀敏 译

选题策划	北京飓风社文化有限公司
责任编辑	杨万玉
助理编辑	李 璇
文图统筹	刘锦平 喻寒菊
装帧设计	续 超
美术统筹	杨兴艳
出 版	甘肃少年儿童出版社（兰州市读者大道568号）
发 行	新经典发行有限公司 电话 (010)62026811
	邮箱 hurricane@readinglife.com
经 销	新华书店
印 刷	北京中科印刷有限公司
开 本	889毫米×1092毫米 1/16
印 张	2.5
字 数	3千
版 次	2020年1月第1版
印 次	2020年4月第2次印刷
书 号	ISBN 978-7-5422-5517-4
定 价	39.50元

版权所有，侵权必究
如有印装质量问题，请发邮件至 zhiliang@readinglife.com